We are friends

川村 真
KAWAMURA Makoto

文芸社

We are friends

◆ CONTENTS ◆

尊い宝物

人には　かけがえのない思い出がある

それは　何物にも代えがたく　そして何よりも尊く

１つの出会いは　たとえ　小さなモノであったとしても

ムダな事は１つもなく　実は　それこそが道標になることが沢山ある

もしも　あなたにとって　まだ報われたい想いがあるのなら

どうか　その想いを忘れずに、そして自分らしく生きて欲しいんだ

人には　かけがえのない命の物語がある

それは　たった１つしかなく　そして何よりも尊い

１つの命は　たとえ　小さなモノであったとしても

ムダな事は１つもなく　実は　それこそがこの世界にとって

大切な宝物でもある

もしも　あなたにとって　何もかも切りさきたい想いがあるのなら

どうか　この言葉達を思い出して、

そして切りさく前に立ち止まって欲しいんだ

何もかも憎しみ、切りさいてやりたいという、負の連鎖に、流されるな

そんなつまらない連鎖に　あなたは流されて欲しくないし、

流される必要は１mm もないし、

流される必要が、一体全体、どこにある？

もしも　あなたにとって　まだ報われない想いがあるのなら

どうか　この言葉達を思い出して、そして諦めないで生きて欲しいんだ

全ての出来事は決してムダではなく

「生きがい」を生み出してくれる、１つの要素なんだ

もしも　あなたにとって　まだ立ち直れない想いがあるのなら

どうか無理しないで、自分らしく生きてと伝えるよ

生み出した先にあるもの

この大地で広がる景色達は、今、どんな心持ちで

現実社会（目の前）を見ているのだろう？

人間（ひと）が、生み出した身勝手な欲望達のせいで

ひどく悲しんだに違いないんだ

だから　そろそろもう止めにしないか？

「誰しも殺し合う為　生まれたわけではないだろう」

かつて誰かがこのステージ上で　心を込めてそう歌っていた

ボクも人として　そう思う

この大地で生きる命のともしび達は、今、どんな心持ちで

生まれて来たのだろう？

どうか　自分らしく生きて欲しいと

心から　心から　そう願っている

決して　あなたは　１人じゃない

泣きたい時は　泣いてもいい

かつて誰かが何度も何度も言葉を繰り返し伝え続けていた

ボクも同じく　そう伝える

人間（ひと）が、生み出した身勝手な欲望達のせいで

歴史は時として　憎しみを生み出してしまった

人間（ひと）が、生み出した身勝手な欲望達のせいで

心は時として　負の連鎖を止められないでいた

だからこそボクらは命を愛していこう

「誰しも殺し合う為　生まれたわけではないだろう」

かつて誰かがこのステージ上で　心を込めてそう歌っていた

ボクも人として　そう伝えたい

あなたと手をたずさえながら

無邪気な笑顔と笑いが絶えない会話に囲まれながら歩く

何だか思わず幸せをかみしめずにはいられない

今日は　楽しい言葉を書いてみる事にしよう

誰かの心が少しでも明るくなれるように

難しい話は後回しにして　あなたと手をたずさえて

そして目の前の景色を撮り続けていこう

こんな風に１つ１つの思い出が絆となり

やがては　和楽になる

時々はケンカをしながら、時々は泣きながら　自分らしく歩いていく

たとえ不器用な歩き方でも　実はそれこそが大切な道標

今日は　ステキな言葉を書いてみる事にしよう

それは　いわば　気取らない心のキャッチボール

どんな時でもあなたはこれからもあなたのままで良い

そして目の前の景色を大切に愛し続けていこう

こんな風に大切にする心が　優しさを生み

やがては　平和を描ける

毎日が良い日ではないかもしれないけれど

それもまた「これから」を創る事ができる大切な大切な道標

難しい話は後回しにして　あなたと手をたずさえて

そして目の前の景色を大切に抱きしめていよう

こんな風に大切にする心が　本当の強さを知り

やがては　人として　愛を知る事ができる

生きている証（あかし）

命ほど　大切な宝はなくて　道程（みちのり）ほど　尊いものもない

どうか共に愛し続けてくれ

それだけは　それだけは　心からの願い

些細な出来事に振り回されがちな曖昧な、この心模様

不安も果てしない悩みではあるけれど

それでも自分らしく生きていこう

家族ほど　大切な存在はなくて　営みほど　尊いものもない

どうか共に抱きしめてくれ

人として　お互いに　支え合いながら

些細な出来事に振り回されがちな曖昧な、この心模様

ケンカも果てしない出来事ではあるけれど

きっと、それは、ボクらが「今」を生きている証だと思う

どうか共に支え合って生きていこう

自分らしく目の前の景色を大切にしながら

些細な出来事に振り回されがちな曖昧な、この心模様

涙も果てしない感情ではあるけれど

きっと、それは、「これから」を生きる上で大切な糧の一部だと思う

共に在(あ)り続ける為に

大きく息を吸い込み　想いを吐き出していく

不安要素は変わらないけれども　それも道を歩く上での大切な原動力

命の底力は　不可思議なもので

多難な状況でさえもいつしか可能に変わり

そしていつしか奇跡が生まれる

共に在り続ける為に　今　ボクらは何をするべきなのだろう？

命の底力は計り知れないものだからこそ　美しく　そして尊い

だからこそ愛していく必要があるのだろう

だからこそ大切にしていくべきなのだろう

川の流れを見てみると　何故だか時代の流れと同じに見えた

汚れた要素は確かにあるものの

それは、それぞれを改めていく為の大切なルーツ

絆の底力は　不可思議なもので

忘れかけていた記憶の中に　家族の笑顔や言葉達が突然

よみがえることもある

共に在り続ける為に　今　ボクらは何を果たすべきなのだろう？

絆の底力は計り知れないものだからこそ　力強く　あたたかい

それでいてまるで母や父のように　いつまでも見守り続けてくれている

ボクらに　できる事は、きっと　ただ１つ

それは、いつまでも、どこにいても

人として　それぞれの命を愛し続けていくということ

共に在り続ける為に　今　ボクらはどう生きてゆくべきなのだろう？

何もかも切りさく負の想いからは　何も価値なんて生まれやしない

だからこそあなたは　まだまだ命を愛する事ができる

そして何よりもあなたは　人として何度でも道を歩き直す事ができる

VOICE

道端に咲く無名の花々の声を、そっと耳をとぎすまして聞いてみると

返ってくる答えは、皆、同じ。

「生きていること自体が十分幸せなんだよ」と

その瞬間に、ありきたりな日常でさえ、一瞬で、輝いて見えてきて

何故だか知らないけれど　今までにない想いが込み上げてきた

身勝手なウワサの種に、一切惑（まど）わされずに咲き続ける、

目の前の無名の花々は

凛として　そして誇らしい

まるで「自分らしく生きていくことこそ、本当の答えなんだ」と

全てに優しく何度も何度も示しているかのように

この地球（ホシ）に存在している全ての息吹達に問いかけてみると

返ってくる答えは、皆、同じ。

「武器を捨て、命を人として愛して欲しい」と

その瞬間に「今」を生きているという事がどれだけ素晴らしいことか……

そんな簡単なことに、何故今まで気が付くことができなかったのだろう？

身勝手な欲望の声に、一切耳を傾けずに目の前の命を愛する姿は

人として　とても尊く見える

まるで「生きていること自体、十分幸せなんだよ」と

全てに粘り強く何度も何度も語りかけてくれているかのように

その瞬間に、これからの日常がとても意義のある道に見えてきた

これまでの道程（みちのり）は少しも無駄ではなかった

身勝手な風潮（冷たい風）に　一切振り回されずに、

目の前の想いに寄り添い続ける姿こそ　大切な生き方だと強く思う

まるで家族のように　そして仲間のように

命のありがたみを

何度も何度も示してくれているかのように

花詞（はなことば）

「平和」という名の花詞に囲まれながら歩く週末

ボクは思わず、胸に熱い想いを感じながらシャッターを切る

時折、時代から置いていかれそうになる自分が居る

切なさとも違う、言葉に言い表せない空虚感がそこにはある

大切な大切なこの世界に必要な答えはNO! violence

目の前に咲きほこる景色達を見て、改めてそう思った

「絆」という名の花詞に囲まれながら勤しむ毎日

ボクは不器用ながら、目の前にある命達と語り合いながら生きている

時折、答えから何もかも逃げ出したくなる自分が居る

苦しさとも違う、言葉に言い表せない怒りの感情がそこにはある

大切な大切なこの世界に必要な答えは Take care of yourself

１人で立つ事も必要だからこそ、甘えたい時は甘えればいい

時折、時代から置いていかれそうになる自分が居る

悲しさとも違う、言葉に言い表せない感情達が込み上げてくる

大切な大切なこの世界に必要な答えは World Peace

目の前にある花詞達を読みかえしていくうちに、改めてそう思った

大切な大切なこの世界に必要な答えは NO! violence

血や憎しみだけで染められていく時代に Forever BYE BYE

メッセージ

人の心は　必ずしも強くはなく

悪く言えば　とても儚く　そして弱くできている

けれども　実は弱さを知る者こそ

この地球（ホシ）にとって　とても　必要な存在

そうさ　全てを諦めるには　まだまだ早すぎる

その証に新しい風が君に「自分らしく生き続けろ」と

伝え続けている

人の一生は１つしかなく

そしてかけがえのない宝物としてできている

たとえ　どの大地に力があったとしても

その宝に勝るモノは　何もない

そうさ　命以上に大切な存在はないんだ

こんな風に教えてくれたのは　他でもない、

俺達に命を与えてくれた、両親（二人）の愛

そうさ　全てを諦めるには　まだまだ早すぎる

その証に今までの道のりが　これからもずっと

君の背中を　支えてくれている

その証に今までの道のりが　君の未来を

優しく　守り続けている

あなたへ

罪と分かっていながら　人の夢を壊す道は

歩いて欲しくない

好奇と分かっていながら　人の心を壊す道も

歩いて欲しくない

あなたには人として誰かと寄り添いながら

それぞれの道を愛して欲しいと心から願うよ

罪と分かっていながら　自他の夢を壊す道は

歩いて欲しくない

好奇と分かっていながら　自他の心を壊す道も

歩いて欲しくない

たとえどんな理由や立場が目の前にあったとしても

人の心を壊さないで　人の夢も壊さないで

あなたはあなたのままで居て欲しい

強く……、強く思う

無理と分かっていながら　なおかつ　目の前の夢を目指していく事は

とてもステキな事だと思う

大切と分かっていながら　少し素直になれない自分が居ても

そんなに悪くない

あなたには　これからも　そしていつまでも

人として　誰かの笑顔を守る人で在(あ)り続けて欲しいと強く……、

強く願う

song for you

あなたの笑顔ほど、僕の中で癒やされるものはない

どうかいつまでも傍に居て　そしてこれからも

あなたらしく「今」を　生き続けて欲しい

僕は歌う　あなたの為に

僕は願う　あなたの幸せを

切なさも、苦しみも、悲しみも、僕は受け止める

喜びも　愛情も　友情も　僕は糧にする

今でも互いの絆は揺るぎないものになると力強く信じている

あなたの生命ほど、この世の中で尊い宝物はない

どうか無理する事もなく　そしてこれからも

あなたらしく　道を　歩き続けて欲しい

僕は歌う　生命の尊さを

僕は願う　絆の力強さを

悔しさも、言葉にならない想いも、僕は受け止める

時として、何もかも切りさきたい想いがあったとしても

どうか切りさいたりしないで

今でも互いの絆はそんな負の連鎖なんかに負けたりしないと

力強く信じている

僕は歌う　あなたの為に

僕は願う　あなたの幸せを

あなたがこれまで歩いてきた人生（みち）は、決して無駄にはならないよ

上手く言えないけれど、いつかきっと

「あの時、あきらめないで本当に良かった」と

笑顔で思える日々がやってくるから

だから生きる事を　あきらめたりしないで

僕は歌う　あなたの為に　僕は願う　あなたの幸せを

心のシャッター

周りを見渡せば、今まで気付けなかった、素晴らしい景色が見える

いつの間にか、肩の力は自然に抜けて

気が付けばボクは自然と笑みがこぼれていたんだ

この景色を忘れないように、今こそ心のシャッターを押そう

そして糧にするんだ

もう自分で自分を追い込む日々は、サヨナラしよう

今、こうして自分は生きている

それこそが人にとって真の幸せなんだと最近強く思う

軽く深呼吸をすると何故だか大きな悩みが一気に

些細なものに見えた

いつの間にか、前向きな考えに変わっていって

気が付けばボクは自然と力強い一歩を踏み出していたんだ

この気持ちを忘れないように、今こそ心のシャッターを押そう

そして糧にするんだ

もう誰かと比べたりする日々にサヨナラしよう

今、こうして自分が生かされている

そう、この地球にボクらが生かされているんだ

この景色を忘れないように、今こそ心のシャッターを押そう

そして糧にするんだ

もういいかげん憎しみ合う日々にサヨナラしよう

今、こうして自分が生きている

それこそが人にとって最も大切な宝物なんだと

最近強く感じている

Planet earth

かつて１つの大地を築き上げることに

先人達は一体どんな気持ちで過ごされていたのだろう

今では何もかも　便利さに　溢れていて

命や言葉の重みが分からなくなってる

そんな中でも　今を生きている事自体が人にとって幸せなんだと

力強く伝えたい

無名な花でも、ホラ、風に優しくなびいて、

そして美しく咲き誇っている　……あなたの幸せを祈りながら……

かつて１つの歴史を世に残す為に

先人達は一体どれ程の涙を流し続けたのだろう

川の流れのように素直に生きられたら

どんなにボクらの心も豊かになれたことだろう

物質的な時代だからこそ、人として支え合って生きるべきだと

力強く伝えたい

無名な草木も、ホラ、よく見れば互いに支え合い、いつまでも

「共存」を目指している　……全ての幸せを祈りながら……

１つの笑顔に必要なものは、憎しみでもなく人としての優しさ

この地球(ホシ)も、幾億年もの年月を過ぎ去ってもなお

争いが無くなるように、いつまでも、ボクらに、願い続けている

いつまでも　どこに居ても

争いが無くなるようにと

いつまでも、ボクらに、求めている

争いが永久(とわ)に無くなることを

この地球(ホシ)は、願い続けている

命の重さ

たった１つしかないとは言えど

命の尊さには変わりなく

たった１つしかないとは言えど

命の価値は計り知れない

未完成な道のりは当たり前

けれど歩いていく先には、必ず未来がある

希望は　まだまだ　残されている

不安定な要素は　受け止めていく

そしていつの日か、それが全て糧となり

乗り越えられる日が来ると信じている

たった１つしかないとは言えど

心の尊さには変わりなく

たった１つしかないとは言えど

心の価値は計り知れない

未完成な道のりは当たり前

けれど毎日が違うからこそ、かけがえのないものになる

絆は力強くあたたかく、まるで母なる地球のように

いつまでも　いつまでも　語りつがれる

そしていつの日か、この人類(ホシ)が非暴力の世界になると信じている

未完成な道のりは当たり前

けれど歩いていく先には、望んでいた未来がある

笑顔はかけがえのない宝物

それは命を愛しているからこそ生まれるもの

人は人として命を支え合う方が良い

それは互いの絆を結ぶ大切なキーワード

あなたの傍にあるもの

もっと周りに甘えてもいい

無理に１人で全てを抱え込まなくていい

あなたの傍には心強い仲間が必ず居る事

どうか忘れないで

悲しみは決して無駄ではなくて

実は一歩ずつ

笑顔になれる大切な道標

もっと声を出して泣き叫んでいい

無理に歯をくいしばって泣く事を我慢なんかしなくていい

あなたの傍には僕が居る

どんな時でもあなたの幸せを心から祈っている

マイナスは決して無駄ではなくて

実は一歩ずつ

プラスへ変えてゆける大切な原動力

あなたの傍には明るい未来が必ずある

どうか忘れないで

貧しさは決して無駄ではなくて

実は賢さを身につけられる通過点

生命は尊い息吹があって、それは１つしかなく

何よりも素晴らしい宝物

命の絆

あなたがこれまで必死になって築き上げてきた道の裏側には

さぞかし言葉にならない想いをしてきたのだろう

必死に誰かの為に戦い　そして時として涙を流しながら

己の道を貫いてきたのだろう

あなたの道程（みちのり）を、これからも最大限に

感謝と悲しみを込めた、この言葉を贈りたい

「いつも誰かを守り続けてくれて、本当にありがとう」と

あなたに心から伝え続けて生きてゆきたい

あなたがこれまで必死になって築き上げてきた笑顔の裏側には

さぞかし、言葉にできない涙を味わってきたことだろう

必死で誰かを救おうと　時としてぶつかり合いながら

命の絆を、つくり上げてこられたのだろう

「あなたがこれまで歩いて来た道程は絶対に間違っていないんだよ」と

今すぐ伝えてやりたい

何もできないかもしれないけれど　ボクはこれからも何度でも

「いつも誰かを救い続けてくれて、本当にありがとう」と

あなたに心から伝え続けて生きてゆきたい

ボクはこれから先も、あなたがこれまで築き上げてきた歴史を

忘れたりしないだろう

逆に愛し続ける　人として　これから先も

あなたの道程を、これからも最大限に感謝と慈しみを込めた、この言葉を

贈りたい

何もできないかもしれないけれど、ボクはこれからも

「あなたがこれまで歩いて来た道程は絶対に間違っていないんだよ」と

伝え続けて生きてゆきたい

Keep on smiling～生きる勇気～

今のあなたは　とても　輝いているね

何故なら自分らしく生き抜いているから

そして自分らしく自分の人生を歩いているから

あなたは自分の人生にやたら愚痴を飛ばすけど

俺は逆にあなたの事を「気さくなヤツだ」と

称えてやりたいぐらいだ、愛してやりたいぐらいだ

せっかくあなたは自分らしく生きているのだから

Keep on smiling

心に傷を抱え込んでいる、気さくな心の持ち主達よ

Keep on smiling

俺は自分らしく生き抜いている、今のあなたが一番好きさ

今のあなたは最高の笑顔だね

何故なら自分らしく微笑んでいるから

そして誰よりも生きる勇気を胸に秘めているから

あなたは自分の人生にやたら卑下を飛ばすけど

俺は逆にあなたの事を「謙虚なヤツだ」と

抱きしめてやりたいぐらいだ、俺はあなたを誇りに思う

せっかくあなたは親から命を受け継いだのだから

Keep on smiling

心に傷を抱え込んでいる、謙虚な心の持ち主達よ

Keep on smiling

俺は決してあなたを同情の想いで見たりしない

過去に深手の傷を背負ったことのある、慈しみの勇者達よ

誰よりも生きる勇気を胸に秘め、これからも自分らしく

Keep on smiling

Wing

たまには外に出て、空気を入れかえてみないか？

自分を羽ばたかせる、良い機会だ

こんなにステキな道が　あふれているというのに

いつまでも引き籠もってばかりじゃぁ、いくら何でももったいない

過去にどんな経緯があったとしても

これからはあなたがこの社会（フィールド）で、活（い）きてゆく「時」だ

どうかもう１度そこから立ち上がってみせて

ふるえる足で、ふるえる手で、あなたの決意を自分らしく示せ

たまには心の角度を変えて、目の前を、見てみないか？

あなたが思っているより外の空気は、実はそんなに悪くない

こんなにステキな出会いが　かくされているというのに

無言のままでは、せっかくの、かがやきは　見る影も、なくなってしまう

過去にどんな経緯があったとしても

これからはあなたが、この社会（フィールド）を変えてゆく「時」だ

どうかもう1度あの頃のように夢を目指す人になって

不器用でも、自分の目線で、心のカーテンを思い切り開けてゆけ

ホラ、よく見てごらんよ

気持ちの良い風がこんなにも、あなたの周りごと、包み込んでいる

ホラ、よく感じてごらんよ

この世界のどこかであなたを必要としてくれる声が聞こえ始めている

過去にどんな経緯があったとしても関係ない

これからはあなたがこの社会（フィールド）で、活（い）きて良い「時」だ

どうかもう1度「ここ」から歩き出してみせて

大空を翔（か）けめぐる鳥のように、あなたの想いを自分らしく、描きだせ

奇跡

たった１つしかない命の事を想うだけで

胸が急に熱くなるのは一体何故なのだろう？

それはきっとたった１つしかないからこそ　尊く　そして

計り知れない宝物だからなのだろう

沢山の星々が存在している中で

母なる地球として呼ばれ

沢山の命が存在している中で

ボクらが人間として生まれた

それは、すでに、奇跡な出来事だと思う

いつも不思議に思うのは、必死で人が考え抜いた想いを

人自身が踏みにじるのは一体「何の為」なのだろう？

こんなに……、

こんなに誰かが必死で涙を流して伝えてきてくれているというのに

ＴＯＰが報おうとしないのは何故なのだろう

沢山の心が存在している中で優劣を決めて生き続ける風潮は

どことなく、さびしい気がするよ

人はきっと、これからも自分の歩幅で生きたほうが丁度良い

きっとそれこそが人としての生きる姿であり

きっとそれこそがこの世界にとって最も必要な生き方なのだろう

沢山の生き方が存在している中で

無名でも自分の歩幅で生き続ける姿のほうがとても尊く魅力的に思える

そんな姿をどうか簡単に切り捨てたりしないでくれ

これから先も　いつまでも

ダブルレインボー

激しい雨が降り続けた先には　大きな七色の虹が架かる

まるでボクらの心を優しく　あやしてくれるかのように

たまに風が吹き荒れる日であっても、そこに、一輪の花が咲いていたら

それだけでも十分大地が恵まれている証

そしていつか今日という日を振り返る日がやって来た時

間違いなくボクらは　成長（かわ）ってきている

あの日の少年から大人へと　あの日の少女から大人へと

激しい稲光（いなびかり）に悩まされてきた先には、

やがてそれはムダではない事に気付く

まるでそれはボクらに最初から試練を与え成長（せいちょう）を祈っていたかのように

いつも失敗（ヘマ）している自分が居たとしても

そこに自分らしさがあるのであれば

それだけでも十分ボクらは全てに恵まれている証

そしていつか今日という日を振り返る日がやって来た時

間違いなくボクらは　成長（かわ）る事ができる

あの日の憎しみから優しさへと　あの日の争いから平和へと

たまに雨が続く日々であっても、そこに、傘１つでもあるのであれば

それだけでも十分　その先に待つものは、揺るぎない hope & future

そしていつか今日という日を振り返る日がやって来た時

間違いなく　成長（かわ）ってきている

あの日の悲しみから喜びへと　あの日の切なさから懐（なつか）しさへと

そしていつか今日という日を振り返る日がやって来た時

間違いなく　ボクらは一人立つ事ができる

あの日の少年から大人へと　あの日の少女から大人へと

3・11

……あれから　どれくらいの月日が流れたのだろうか

ボクの中の時間は相変わらず止まったままだ

それでもボクは決して忘れない　忘れたくても忘れられない

「生きていこうよ」と涙を流して必死に教えてくれたのは

あの１本の松の木だった

絆はなくなったりしない　ボクらの中で生き続けている

愛は消えたりしない　手を取り合い抱きしめているから

失（うしな）ったものは計り知れない　それは言葉では表せない程に

大きな船がどこかに辿り着いた瞬間（とき）

ボクは思わず両ひざを大地に落とした

あなたとの思い出は今でもボクの心の中にある

「笑顔を絶やさないで」と、はにかんだ、あなたの笑顔が

ボクにとっていつまでも変わらない、とても大きな、そして

あたたかい宝物

失ったものは計り知れない　それはいつまでも消えたりしない

言葉の力は、なくなったりしない　それは人の心を繋ぐ道標だから

「体を大切にね」　ＴＶを観ていた時、誰かがそっと優しくつぶやいていた

We are friends　～3・11～

We are friends　We are friends

何年経っても　いつ・どこに居ても

決して風化させてはならない、あの季節

同時に絆や命の尊さをこの身で思い知らされた「時」でもあった

あの時……、ボクらは大切な人に何度逢いたいと

心の底から叫び、そして探し続けてきた事だろう

今でも、あの大切な面影を探し続けているけれど……

けれど　これだけはせめて忘れないで

どんなに遠く離れていても、1度根づいた「愛」は変わらない

力強く　気高く　この胸の中で生き続けている

Don't worry　Don't worry

互いの繋がりは　変わらず　これからも続く

決して言葉だけで終わらせてはならない、あの季節

何よりも、絆や命の尊さを、この身で思い知らされた「時」でもあった

あの時……、ボクらは無我夢中でガレキの山から何度

生きていてと心の底から叫び、そして探し続けていた事だろう

今でも、あの大切な面影を祈り続けているけれど……

けれど　これだけはせめて忘れないで

どんなに立場が違ったとしても、ボクらは全てを分かち合う同志だ

力強く　人として、あなたの、これからの幸せを祈り続けている

決して風化させてはならない、あの季節

同時に絆や命の尊さをこの身で思い知らされた「時」でもあった

あの時……、ボクらは大切な人に何度逢いたいと

心の底から願い、そしてその度(たび)に涙を流し続けてきた事だろう

今でも思い出す度に心が苦しくなるけれど……

けれど　これだけはせめて忘れないで

どんなに遠く離れていても、どんなに立場が違ったとしても

１度根づいた「絆」は変わらない

力強く　気高く　そしていつまでも　人として

次の世代へと　語り継がれてゆく

自分が自分で居られる時

自分が自分で居られる時は

愛すべき人と過ごす時間だと強く思うよ

そこにあるのは　偽りのない、人としての在(あ)るべき姿の愛

そしてかけがえのない、数々の笑顔

目の前で小さな命が産まれた時

言葉では言い表せない感動を覚えた

そこにあるのは、あたたかい、人としての確かなぬくもりと……

そして苦労を知った笑いの絶えない、命の営み

自分が自分で居られる時

それは愛すべき人と過ごす「これから」の日々……

生まれてきてくれてありがとう

あなたが初めて一歩を　歩き出した時の事を

僕は　今でもよく覚えている

無邪気で　でも　どこか少し　大人びているしぐさがあって

そんな１つ１つの表情がたまらなく好きなんだ

僕の愛する女性は、今では母として家族を支えながら生きている

僕は、これからも人として、そして最愛の人として

支えてあげたいと強く思う

あどけない表情をしながら

必死で両親に自分の気持ちを

伝えるあなたの姿が

たまらなく好きで忘れられない

僕の愛する家族は、今でも人として懸命に支えながら生きている

僕はこれからも人として、優しさを伝えられるように

支えてあげたいと強く思う

あなたが初めて生まれてきてくれた時

ボクらは、手を取り合い、そして涙し、どんなに喜んだことだろう

僕は、これからも人として、この言葉を伝え続ける

「この世に生まれてきてくれて本当にありがとう」と……

僕の愛する女性(ひと)は、時としてあなたを叱(しか)り涙を流しながら

心を込めて守り続けている

僕はこれからも人として見守りながら

あなたの幸せを祈りたいと強く思う

扉を開けば

目の前の扉を開けばそこにはホラ

今までにない世界が広がって見える

きっとあなたが今まで求めていたであろう世界が見えてくる

ずっと同じ角度だとつまらないだろう

たまには違う角度から景色をながめて見るのも別に悪くない

今は困難な時だ　今はつらくて何もかも投げ出したい時だ

それでも１つずつ自分の歩調で歩き続けていく時

今までの全てがムダじゃない事にあなたは少しずつ気が付く事ができる

目の前の悩みは時が経(た)てば経つ程小さくなり

そしてやがては　あなたの心にとって大きな支えとなる

ずっと今までつらい事に耐えてきたのなら

「もう我慢なんかしなくたっていいんだよ」と

優しく抱きしめて伝えてあげたい

今は泣きたいだけ泣けばいい　今はゆっくりと心を休ませてあげればいい

あなたには　あなたにしかできない使命がある事を

心の片隅でも良いからどうか忘れないで

そして何よりも　自分らしく生きて欲しい

今は国難の時だ　今はあまりにも負の連鎖が広がっている時だ

それでもバラバラになった皆の心が１つになった時

優しさが報われていく事に少しずつ気が付く事ができる

頂から見える景色

坂道を登り切った先には　待ち望んでいた頂が
ホッと胸をなでおろし　むくんだ足に、ねぎらいの言葉を投げかける

どこからか涼しげな、そよ風がボク達を包みながら
どこからか優しげな、声達がこの大地で交錯している

笑顔で互いに汗を拭(ぬぐ)い合いながら、今日を振り返る景色に
思わず心を打たれてしまう
代わり映えのない１日に見えるかもしれないけれど
それでも僕は、今日の出来事を誇りある１日だと思いながら
心のシャッターを切ってゆく

坂道を下りながら見る花々達は、凛としていて美しい
名も知らないものばかりだけれども
むくんだ足にまるで癒しを届けてくれているようで……

どこからか鳥達のさえずる声がボク達に語りかけながら
どこからか母のような慈しみがこの大地を見守ってくれている

笑顔で互いに言葉を交（か）わし合いながら、未来を語り合う姿に
思わず涙をこらえずにいられない
現実に戻れば時折疲れてしまう日々かもしれないけれど
それでも僕は、今日の出来事を意義のある道程（みちのり）だと思いながら
心のシャッターを切り続けてゆく

どこからか「１つの心は優しさでできている」と
ボク達に伝え続けてくれている
どこからか「１つの心は殺し合う為にできていない」と
ボク達に叫び続けている

笑顔で互いに疲れた体をねぎらいながら、明日を想う景色に
思わず頭（こうべ）を垂れてしまう
たった１つの出会いなのかもしれないけれど
それでも僕はその小さな出会いを誇りある１日だと思いながら帰路（きろ）につく
１つ、１つの思い出を切り取りながら……

ファミリー

七色に架かる虹はとても美しく　まるで今のあなたのようだ

僕はそんなあなたがたまらなく好きで

いつまでも一緒に居たいと思ったんだ

こんなに愛おしく思っているのに

愛しているという言葉の他に

言葉が見つからないのは　一体何故なのだろう？

当たり前の日々の中には決まってあなたと子供達が居る

無邪気に、はにかんだ笑顔達に囲まれて思わず

何気ない日々に　幸せを覚える

大切に思っているからこそ人は悲しむ時は悲しみ

喜ぶ時は喜ぶんだね

目の前の家族の姿を見ると改めて命の重さを思い知らさせる

小さな積み重ねでも　それはどれも大きな宝物

あなたに出逢えて本当に本当に良かった

こんなに愛おしく思っているのに

上手く言葉が見つからなくて　いつも歯がゆい毎日

それでもボクにとっては大きな幸せがいつもそこにはある

大切に思っているからこそ小さくても尊い幸せが生まれるんだね

目の前の家族の姿を見ると改めて命を育む意味を強くかみしめる

逆転劇

時の流れは誰にも変えられずとも

これからの道程（みちのり）はいくらでも変えられる

逆転劇は、もしかすると　あなたのすぐ傍にあるのかも

息をひそめてかくれているのかも

変な理屈ばかり見つけるより、今、目の前で何ができるのか、

見極めた方がはるかに良い

たとえそれが少し頼りなくても、そんなもの、こっちでカバーしとけば、

後は、どーにでもなる

困難に立ち向かうのも別に悪くないだろう

それはいつかやがてあなたの心の糧になる

互いに不器用なれども　視線を合わせて語り合ってみないか？

明日を不快なく出迎えることができるように

変な欠点ばかり見つけるより、今、目の前をどうしたいのか

学び続ける方がきっと自他の為になる

それが少し疑うことになっても、そんなもの、互いにカバーし合えば

良いだけのこと

変な欠点ばかり見つける生き方ほど、愚かなものはないね

それは昔から強く思うこと

たとえそれが何か少し頼りなくても、そんなもの、互いにカバーし合えば

後は問題ない

願い

この先　どんなに時代が変わったとしても

僕は　あなたの幸せを祈り続ける

ほんの少しだけでも良いんだ

明日を信じる気持ちを忘れないで生きて欲しいんだ

確かにこの先、一体どうなるかなんて

僕にも誰にも分からない難問(こと)だけれど

少なくとも腐らないで生きて欲しいと心の底から思っている

この先　どんなに時代が変わったとしても

僕は　いつか世界中の争いがなくなればいいなと願い続けている

ほんの少しだけでも良いんだ

誰かを思いやる姿勢(みち)をなくさないで生きて欲しいんだ

どうか目の前の命を　悲しませたりしないで

どうか目の前の心を　土足で踏み込んだりしないで

人として誰かを守る道を　そして人として誰かを尊ぶ生き方を

選んで欲しいと心の底から願い続けている

星のように

もしも　あなた自身が何もかも疲れた、その時は

無理はしないで

その場で泣きたいだけ泣けばいいさ

焦らなくていいよ　自分らしく休もう

もちろん無理に期限なんてつくる必要もないから

あなたの未来は星のように変わらず活き続けている

もしも　あなた自身が何もかも疲れた、その時は

その場で休むといいさ

ゆっくりと休む所に　希望があふれている

焦らなくていいよ　自分らしく歩こう

もちろん比べて生きる必要もないから

あなたの未来は星のように変わらず、輝いている

焦らなくていいよ　自分らしく生きよう

あなたの可能性は星のように変わらず無限大にある

切に願う事

生命（いのち）を奪ったりしないでと切に願う

そう、たとえ　どんな事があったとしても

かけがえのない生命（いのち）は人として愛した方が良い

だから忘れないで　冬は必ず春となる

もう　あなたは１人じゃない

孤独になる必要もない

そう、あなたは１人じゃない

支えてくれる友の姿がある

生命（いのち）は尊いことを忘れないで欲しいと切に願う

これから先も　どんな時でも

この大地に生命（いのち）がある事自体

実は素敵な出来事

もう　あなたは１人じゃない

素敵な家族が居る

そう、あなたの道はこれから

自分らしく歩けば良い

どうかどうか　かけがえのない生命（いのち）を苦しめたりしないで

それは　あまりにもつらく、そして悲しい出来事

ねえ、あなたには、優しさが一番よく似合う

それはとても素敵な個性だと思う

そう、あなたは、あなたらしく

非暴力の人生（この毎日）を　過ごしていけば良い

シルクロード

人には　それぞれの歴史がある

それは必ず永遠に存在するモノ

だからこそ本当に尊い

国にも　それぞれの深い歴史がある

それも必ず永遠に存在するモノ

だからこそ本当に尊い

尊いからこそ　今の文化が実在する

当たり前な事と言われるかもしれないけれど

昔の文化がなければ、今の文化は実在する事なんてなかった

命は間違いなく１度限りでゲームのようにリセットできない

「魔法（マジック）で治せばいい」という虚像（ウソ）から、目を覚ませ

心にも　同じ事は言える

一度負った心の傷はもう二度と治せやしないんだ

だからこそ人との繋がりが必要になってくるんだ

それぞれの歴史に見て触れるのもとても意義深い

自ら名前を刻まなくても

心に記憶は

これから先も　ずっとずっと残せる

もしもあなたに家族ができたら、その時は今度は

あなた自身が教えてあげてね

人も国も心もそして命も二つとないから尊いんだ

当たり前な事と思われるかもしれないけれど

昔の文化がなければ、現代はこんなに発展する事なんてなかった

Open mind

消したい過去が　いくつもある

それは今までにない、とても苦い味

それでも「人間」ってヤツはいろいろとマイ・ペースで

次の日になれば　ケロリと忘れている

日々の暮らしは決してラクではないけれど

この苦味を少しずつ受け止めていこうか

つらい過去は一人が自発的に立ち上がれば

最後は良き思い出となる

何もかも嫌になる

それは言葉じゃ表せない、激しい感情

それでも「人間」ってヤツはまだまだ謎だらけで

少し間を置けば意外とこまめにやる

日々の暮らしは決してラクではないけれど

この苦味を少しずつ受け止めていこうか

つらい過去は一人が心の角度を変えていけば

最後は感謝の味となる

立場や環境は関係なく大切な答えがある

それは命を捨てずに人として愛し支え抜くこと

日々の暮らしは決してラクではないけれど

この苦味を少しずつ受け止めていこうか

人類（ひと）が悩む文化低迷（みち）は一人が自発的に立ち上がれば

いつでも切り開く事ができる

最高の未来

心の何処かで「生きる事」を忘れなければ

人は必ず最後に「生きていて良かった」と

証明する事ができる

経験は沢山タフに積んでおけ

そんくらい、出来るだろ

今までのルールも　ウワサも　正直今日限り

明日からは、本当の自分があなたを待っている

何より最高の未来が息をひそめて待っている

いつまでも小さな事にこだわらないで

大切な事は　「今」からなんだ

今、自分がどんな意志を持ったかで

それぞれの未来が決まる

誰かがこだわる世間体は　正直、ウザイだけ

勝負はまだまだ決まっていない

何より最高の未来がこの世界で待っている

経験は沢山タフに積んでおけ

最後は必ずあなたが勝利者となる

今、それぞれどんなスタートを切った事だろう？

どうか誰もが皆、希望をつかむ事ができるように心から祈る

自分が決めていたルールも　ウワサも　正直今日限り

明日からは、本当の可能性があなたを待っている

何より最高の未来が息をひそめて待っている

希望を信じて

たとえ　どんな場合であろうと

絶対に自分で自分の存在を腐らせないでくれ

希望を信じていたら

それは確実に　未来へと変わる事ができる

不器用に生きる、この１つの命は

今でもこうして　希望を信じている

いつも　どんな時でも　信じている

たとえ　どんな場合であろうと

絶対に好奇で１つの存在を汚したりしないでくれ

誰かを、支え抜く先には

それは確実に　宿命を転換する事ができる

不器用に生きる、それぞれの命は

今でも勇気を叫んでいる

いつも　どんな時でも　叫んでいる

自分を信じていたら

それは確実に　真実にたどりつける

弱さを、見据える先には

それは確実に　大切な人を愛せる

不器用に祈る、この１つの命は

今でも祈りを愛にささげている

どうか　この世界が少しでも明るく平和に変われるようにと

Peace

どうして　戦争をするの？

ねえ　どうして？

一体　「何の為」に……？

まわりの声を　よく聞いてよ

あなたには　聞こえていないのかな？

家族を亡くし家まで失ってしまった、命の悲しみの声が……

「国を守る為」・「国の力を示す為」etc……

そんな腐った理由、民衆（ぼくら）には一切通用しない

「国を守る為」なら　何をやっても許されるのか

そうじゃないだろう

国というのは、民衆(みんしゅう)が居て初めて成り立つ存在

すなわち「国を守る」という事は民衆(みんしゅう)の笑顔を守るという事なんだ

「国の力を示したい」のであれば非暴力で示せばいいじゃないか

一体どうして　ミサイルなんかで示さなければいけないのだろうか

やっぱり人は、人として人と支え合って　そして

笑っている方が気持ちがいいや

理屈をつけて生きる指導者を僕は情けなく感じている

「国を守る為」・「国の力を示す為」etc……

そんな腐った理由、民衆(ぼくら)には一切通用しない

human revolution

あるがままに　体現していけばいい

全てはそこから始まる human revolution

あなたには必ず使命があるから

だからもう二度と勝手に自殺サイトに足を踏み入れないで

悔しさも悲しみも優しさに変える事ができるから

大丈夫　何も心配しなくたっていいんだよ

それに自分で自分を腐らしていては、

あまりにも、もったいないでしょう？

心の角度を変えよう？

一番許せないのはそうやって人の弱さを利用するサイトと

そのサイトをつくりだした者だ

正直言って許されるものじゃない

そこには、もう、れっきとした犯罪があるから

自覚して欲しいと強く思うよ

どうか人として自覚して欲しいと強く思うよ

誰しも、必ず　生きる使命があるから

だからあるがままに　自分自身の想いを腐らせずに

体現していけばいい

悔しさも悲しみも何もかも　必ず意味はあるから

全てはそこから始まる human revolution

共に支え合うこと

１つの命や心や想いをそんな風に甘く考えたりするもんじゃない

そして……、決して見下したりするもんじゃない

かけがえのない、この可能性に満ちあふれた人生（みち）

どうせ生きるのなら人として生きていく姿勢を自ら持った方が良（い）い

自分らしく未来に進みたいのであれば

騙しなんか面倒くさい事をしていないで

人として「これから」を歩け

勇気を持って、受け子という腐った世界から抜け出して

人として「これから」を歩け

それぞれの命や心や想いを軽々しく接すると、必ず痛い目に遭う

かけがえのない、この多難にあふれた人生（みち）だからこそ

共に支え合ってゆく意味がある

自分らしく未来を語りたいのであれば

人として、これからも苦楽を共に背負う姿勢をつくれ

少しずつでも良(い)いさ　比較なんてのもしなくて良(い)い

腐ったりしないで　ゆっくり歩いてゆこう

かけがえのない、この可能性に満ちあふれた人生(みち)だからこそ

人として共に未来を目指す意味がある

自分らしく未来に進みたいのであれば

人として共に支え合って生きた方がはるかに良(い)い

そうすればホラ、今よりも素晴らしい世界が見える

不器用でも良(い)いさ　腐ったりしないでゆっくり歩き出そう

人としての絆は、生涯の宝物なのだから

あなたには犯罪は似合わないし、歩いて欲しくない

あなたには誠実という道がふさわしいし、その道を歩いて欲しい

春・無限大

俺は　変わらず　信じている

あなたの心を　いつまでも、いつまでも……

大丈夫　もうすぐ春が来る

大丈夫　必ず　春が来る

〜何故なら〜

ぼくらは　これまで　力を合わせて

数々の壁を、乗り越えて、そしてここまで歩いて来たんだ

だから変わらず　信じられる

あなたの笑顔を　これからも、これからも……

大丈夫　もうすぐ道ができる

大丈夫　もうすぐ転換できる

〜何故なら〜

ぼくらにそもそも乗り越えられない壁は

１つも存在していないから

こんなにも尊い笑顔や生命があるのだから

〜諦めないで〜

ぼくらは　これまで　力を合わせて

数々の道を、歩き抜いて来たんだ

素晴らしい未来を創(つく)る為に

〜ぼくらに乗り越えられない壁は、ただの１つもない〜

想い、あるがままに

プライドなんて、どうでもいい

それよりも、生きる証を残したい

大事な事に、フタを閉めっぱなしの日々

お互い、心は苦しくないか？

我慢なんてモノは今の時代、似合わない

いつの時代も、この限りある命を愛し抜こう、守り抜こう

１つの勇気は誰かを人として守る為にある

決して傷つけ合う為にあるんじゃない

流行なんて、どうでもいい

それよりも今、生きている事に感謝したい

大事な事にいつまでも目をそらしていては

必ず心は後悔する事になる

これからは人として自分らしく想いを表現していこう

いつの時代も、確かにデマがあふれているけれど

だからこそ、正邪を見極めていこう

１つの自由は中身のない話をつくる為にあるんじゃない

大事な事は、いつの時代も、目の前の命を

人として支え合うこと

傷つけ合いは、これからも、必要ない

いつの時代も、この尊い命を支え合いながら生きてゆこう

誰もが心から「生きてて良（よ）かった」と言えるように

不器用でも良（い）いさ　自分らしく生きてゆこう

愛

どんなに「何か」に行き詰まっても

人は人を心から愛する事ができる

そして何よりも　愛される事ができる

それは　決してデマカセなんかじゃない

愛の意味を知っている者は　必ずその身で理解している

人として心から理解している

体を重ね合う事だけが……、そして誰かを困らせたりする事は……

そんなものは愛じゃないし、愛とは言えない

心の角度を変えれば、ホラ、

幸せそうに優しく微笑んでいる、

人としての愛の姿が、そこにはある

どんなに好奇の視線があろうとも

人は誓いを果たした時から　必ず強くなれる

そして誰よりも　心優しくなる事ができる

それは　その場限りの誓いなんかじゃない

愛の意味を知っている者は　必ず最後まで誓いを守っている

人として心から誓いを忘れたりしない

機械やパパ活とかで、出会いを求める事だけが……、

そして誰かを傷つけたりする為に……

出会いは存在するんじゃない

心の角度を変えればホラ、必ずあなたにふさわしい出会いが待っている

人として誓いを果たし抜いてくれる出会いが待っている

僕が誇らしく思う事

僕はこれまでの出逢いや別れを

とても誇らしく思う

そして何よりも「あなたという人に出逢えて本当に良(よ)かった」

心からそう思っている

不器用に貫いた、このひたむきな命の息吹

どんなに時代が変わったとしても、僕は大切に、この想いを

静かに愛し続ける

僕はこれまでの後悔や挫折は

きっと無駄ではないと思うんだ

そして何よりも、希望を信じる所に未来はある

そう教えてくれたのは他でもなく「あなた」でした

「頑張れよ」と力強い笑顔で言ってくれた、あなたを

僕は絶対に忘れたりしない

逆に伝えたい

悔いのない人生を歩き通す事を

不器用に生き抜く、この姿を、現在(いま)のあなたは

一体、どんな風に思うのだろう？

どんな瞬間であっても僕はこの「今」を大切に愛し続ける

悔いのない人生として歩き続ける為に

淵源（えんげん）

人の命は一体「何の為」に在（あ）る？

人の心も一体「何の為」に在る？

それらは決して軽々しく考えるものじゃない

本気でこれからを生きていく覚悟が

ほんの少しでもあるのであれば

そろそろ土足で

心を踏みつぶす行動（マネ）はよせ

１つの弱味につけこむ行動（マネ）が

一体　どれ程の心を傷つけているか

オマエは少しでも……、一度だけでも考えた事があったか？

もし……、「それも表現の自由」と断言していくならば

オマエはその時点で人間としての道標や絆が

ガラスのように、もろく、くだけちるだろう

デタラメのウワサがこの世界をどれ程腐らせているか……

俺達は少しでも……、一度だけでも

考えた事がこれまであっただろうか？

今こそ　それらを考える時かもしれない

そう……、きっと「時」が来たんだ

優しさを想う「時」が、今、来たんだ

本気でこれからを生きていきたいと思うのであれば

それぞれの心を腐らせたりするな

愛し抜け　愛し抜け　愛し抜け

人として、人の心を、愛し抜け

あなたは一人じゃない

一体、どうしたらあなたのつらさ・悲しさを救い

そして支えてあげる事ができるのだろう

いつも思ってる　あなたの事を

そして祈っている　あなたの幸せを心の底から

もしかしたら何もできないかもしれない

だけど傍に居る事で、あなたの不安が少しでも取り除けるのなら

いくらでも力になりたい

あなたのつらさ・悲しさは一体どんなモノ？

どうか教えて　そして忘れないで

あなたは一人じゃない

それは僕からの、人としての大切な生命（いのち）のメッセージ

だから決して途中で生きる事を諦めたりしないで

人には必ずその人にしかできない使命がある

いつも思ってる　あなたの事を

そして祈っている　あなたの幸せを心の底から

誰にだって欠点もあれば不器用な所もある

それはそれで良いと思う　別に悪い事じゃない

支え合いながら生きていこう

上手く言えないけれど何度でも伝える

あなたは一人じゃない　どうか信じて生きて欲しい

これからも続く道

あなたの涙は　僕の涙だ

あなたの笑顔は　僕の笑顔だ

だから大丈夫　だから大丈夫だ

生きる環境が違っていても信じている限り

僕達は「同志」だ

あなたのつらさは　僕のつらさだ

あなたの強さは　僕の強さだ

あなたが居てくれるから僕は生きる環境が違っていても

信じている限り　これからを頑張れるんだ

あなたの弱さは　僕の弱さだ

あなたの未来は　僕の未来だ

だから大丈夫　だから安心してよ

生きる環境が違っていても、信じている限り、僕らの人生(みち)は

揺らぐ事はない

あなたの生き方は　僕の鏡だ

あなたの未来は　まだまだ明るい

だから大丈夫　だから大丈夫だ

生きる環境が違っていても、信じている限り、僕らの明日(あす)は

これからも続く

表現の自由

ねえ、「表現の自由」って一体何だ？

実際、オマエが考える「表現の自由」ってモノは

一体どんな感じなんだ？

中身が大してないウワサが一体どれだけ

誰かの心を傷つけているか……

オマエは少しでも深く考えた事があったか？

この機会によく考えておくといいさ

ねえ、もう一度　たずねるけれど

実際、オマエが考える「表現の自由」って一体何だ？

一体　どんな世界なんだ？

中身が大してないウワサが一体どれだけ

自他の心を暗くさせているか……

オマエは少しでも深く考えた事があったか？

この機会によく考えておくといいさ

ねえ、最後にもう一度　たずねるけれど

実際、オマエが考える「表現の自由」ってモノは

一体どんな世界なんだ？

中身が大してないウワサが一体どれだけ

自他の心を暗くさせているか……

ボクらは少しでも深く考えた事があったか？

自他の心を平気で暗くさせたり傷つけたりする表現の自由なんて

評価されるわけがない

Never Give up

君は本気で生きた事はあったか

君は本気で人を愛した事はあったか

自ら腐り始めていないか

どうか諦めないでくれないか

何故なら希望はまだ「ここ」に変わらずあるのだから

世界にあふれている、何の根拠もないウワサなんか

思い切り蹴りとばしてしまえ

あなたは「あなた」なんだから

自分らしく在れば良い

君は本気で人を最後まで支え守り抜いた事はあったか

君は本気で１つ１つの約束を大切に守った事はあったか

自ら傷つけ見下していないか

どうか傷つけないでくれないか

もうこれ以上、誰かと誰かがなぐり合っている所なんて

もう二度と見たくもないし、聞きたくもない

世界にあふれている、外見ばかり気にする生き方なんて

この際信じなくてもいい

人は完璧な存在じゃない

いつも必ず誰かに支えられて

そして必ず誰かと切磋琢磨しながら生きているんだ

世界にあふれているウワサなんかに流されたりするな

思い切り悔いのないように生きてくれれば、それだけで良い

あなたは「あなた」なんだから

自分らしく　この世界で生きていこう

生命のメロディー

よく歩いているこの道も、何だか最近つまらなくなってきたな

そうだ、たまには違う道から帰ってみるか

そこには少し新しい自分が見えた気がした

見方を変えるって、そういう意味なんだろう

同じ角度ではきっと世界は変えられない

学ぼう　生きている限り

動こう　全ては自他の幸福の為に

よく耳にするウワサ話も、何だかスリルも味もそっけないね

思わず思い切りなぐりたくなるよ

そこには何も変化もなければ

ほんの少しの成長さえも、見られないから

同じ生き方ではきっと自分は変えられない

学ぼう　人の心の痛みを

その痛みを心から理解(わか)る者は、むやみに誰かを傷つけたりしない

いつまでも自分は自分で在(あ)り続けたい

たとえ何処に居ても……

たとえいきなり立場が変わったとしても……

同じ角度でこの先大丈夫だとはどうしても……、

どうしても思えない

学んでよ　生きている限り

学んでよ　この世界の動向を

動いてよ　１つ１つの未来の為に

全世界に存在している、１つ１つの生命のメロディーを

人として明るく奏でられるかは、１人、１人の心の姿勢に

全てかかっている

打ちあげ花火

まるで全てを優しく包み込むかのように

光の粉は空中で舞いおどる

そしてその後　勇気あふれる音がした

今までこの空は暗黒だった

僕らの胸の中も同じく暗黒だった

信じている限り　僕らが僕らで在る限り

最後まで希望を諦めちゃいけないね

その答えを優しく教えるかのように

地上に現れた光の粉は僕らの不安をも越え

この広い大空に花火として舞い散った

まるで全てを優しく救い出すかのように

光の粉は空中で笑顔になる

そしてその後　人の在り方を教えてくれた

僕らはこの宇宙と深くつながっている存在

だからこそ尊く　かけがえのない存在

支えている限り　僕らが命を愛する限り

最後まで勇気を捨ててはいけないね

その答えを優しく教えるかのように

今では笑顔を届ける光の粉は僕らの国境をも越え

この広い大空で真の平和を祈っている

信じている限り……

僕らが僕らで在(あ)る限り……

支えている限り……

僕らが人として命を愛する限り……

かけがえのない宝物

語ろう　綴ろう　「これから」を

「何か」とぶつかり合って流す涙を、あなたは

本気で流した事がある？

家出をすることで何も解決しないって事は多分

ないと思うんだな

でもたまには「ただいま」と言って家にお帰り

あなたの居場所は命を育む場所に在(あ)る

そして、未来も、希望も、そこから始まる

家族愛ほど　この世に素晴らしいモノはないのだから

ただ口先だけばかりじゃぁ、いくら何でも、もったいない

語ろう　シンプルに　ありのままに

「何か」とぶつかり合って流す涙を、あなたは

本気でかみしめた事がある？

体を重ねることで何も解決しないって事は多分

ないと思うんだな

でもどうか体と心、大切に

あなたの生命力が一番「あなた」を知っている

そして、全ての可能性は、そこから始まる

それぞれの営みほど　かけがえのないモノはないのだから

ただの軽はずみで体を重ねてしまっては、

せっかくの生命が、かわいそうだ

そして、未来も、希望も、「ここ」から生まれる

どうかその意味を忘れないで生きて

何より人から受け継いだ命や想いほど

かけがえのない宝物はないのだから

ただ諦めてばかりじゃぁ、いくら何でも、もったいない

幸せ

あなたに聞きたい事がある

「そんなに目の前の心を利用して楽しいか？」と……

思わず悲しみの色でこの大空を染めたくなる

人は人として自分らしく生きる方が良（い）い

この気まぐれな人生（みち）でも、きっと、そう望んでいるさ

現実（リアル）を信じれば信じるほど、逃げ出したくなるけど

腐らない意思だけは絶対に捨てないで生きよう

正直言って、あなたにはそのまま生きていて欲しいんだ

有名（トップ）だろうが、何だろうが、命や想いを平気で傷つけたりするヤツに

悪いけど、幸せになる資格はない

自ら勝手に「死」や「薬」に走らないでくれよ

出会いも現実でつくって、人として大事にしてくれよ

それはいわば幸せへの第１００歩なんだ

人類は、これからも非暴力の意思のまま生きた方が良い

あの気まぐれな神様も、きっと、そう望んでいるさ

語り合いというものは、本来は優しさを広げる為にある

決して争う為にあるんじゃない

人として　恥じない生き方をしろ

あなたには、人として自分らしく生きて欲しい

それだけは、ボクにとって変わらない願い事

明るい未来をつくる為に

明るい未来をつくっていく事に肌の色なんて

一切関係ない

目の前の心を愛せずして、一体何故明るい未来をつくる事ができる？

もっともっと今の自分を人として心から愛してみよう

全ては人として自分らしくこの世の中を

謳歌し続ける為に在（あ）るのだから

１つの愛は、決して、金なんかでは買えない

信頼（キズナ）があるから愛は大きくなれるんだ

実績も名声も何もかも、全ては地道な事から、つくられるもの

明るい未来をつくっていく事に外見なんて

一切関係ない

それは必ず闇に堕ちる、いわば自虐的な行為だ

１つの個性は偉大な Treasure

それぞれの命も、そして心も、実は同じ意味を持っている

そろそろ立ち上がって自分らしく謳歌してみないか

明るい未来を見てみたくて仕方がないんだ

肌の色なんて一切関係ない

何故なら、全ての命は生まれながらにして「平等」なのだから

怖がってばかりいたら、明るい未来なんて、つくれない

勇気を出そう

人は大事な事にフタを閉める為に生まれたわけじゃない

NO problem

大胆さがあっても別に良(い)いじゃないか

それがあって未来は最大な色を魅(み)せる

生意気に生きたって別に構わないじゃないか

希望ってモノは、そこから生まれるモノだから

全く問題ない

いつまでも、どこまでも非暴力のままで

そして何よりも自他を腐らせない強さを持ちながら

ありのままに生きていこう

外の風なんて別に気にしなくて良(い)い

あなたの羽は、まだまだそんな所で立ち止まらない、

……いや……立ち止まらないはずだろう

そうさ、イキがって魅(み)せようじゃないか

未来ってヤツは、そこから生まれるものだから

全く問題ない

いつまでも、どこまでもお互いに人として弱さを見据えて生きていこう

必ず可能性は後から、花となって美しく咲き誇るから

そこら辺のニュース達も結構、おおげさなものだから

思わず流されやすくなってしまうけれど

結局はあんまり気にしなくたっていい

それよりも、いつまでも、どこまでもお互いに非暴力のままで

そして何よりも自他を腐らせない強さを持ちながら

しっかりと、足元を見て、生きていこう

Repeat

常に見えないウイルスとの闘いに、時折、疲れてしまう事がある

それでも忘れてはならないのは、心と心との絆

たとえ互いの距離は離れている状態が続いたとしても、

そこに支え合う気持ちを忘れなければ

人類（ひと）は、きっと、そんな負の連鎖なんかに、負けやしない

どうか今は耐えしのぶ「時」だ　どうか今は耐えしのぶ「時」だ

その先にもう１度、あの頃のような日々がある

そして今は両目から下は防がなければならない「時」だ

だから今は両目から下は、防がなければならない「時」だ

その中で両手を洗い、口の中も洗い直す事で

防げる命も、実際に多々ある

日々、見えないウイルスと闘う素晴らしき勇者達

ボクらは心を込めて「ありがとう」と伝える

それは決して当たり前な事なんかじゃなく、

それは決して口先なんかじゃなく

ボクらはその勇者達に、支えられて生きている

ボクらは、その勇者達に支えられて今日があある

それだけは絶対に忘れてはならない事

どうか今は耐えしのぶ「時」だ　どうか今は耐えしのぶ「時」だ

それらは未来に向かっての大切な道標だから

そして今は黙食しなければならない「時」だ

だから今は黙食しなければならない「時」だ

ノーマスクで居る事で

目の前の命を失わせてしまう現実が実際に多々起こっている

そして何より、ノーマスクで居る事で

ウイルスに侵されてしまう可能性がある事も、まぎれもない事実

どうか今は耐えしのぶ「時」だ　どうか今は耐えしのぶ「時」だ

それが人類にとって少しでも救われる命があるのなら……

だからこそ今は耐えしのぶ「時」だ　だからこそ今は耐えしのぶ「時」だ

黙食で居る事で、目の前の命が救われる現実が実際に多々ある

どうか今は耐えしのぶ「時」だ　どうか今は耐えしのぶ「時」だ

それは人類（ひと）にとって、明るい未来につながると思う

だからこそ今は両目から下は防がなければならない「時」だ

だからこそ今は両目から下は防がなければならない「時」だ

その中で両手を洗い、口の中も洗い直す事で防げる命が実際に多々ある

祈り

あなたの夢が、叶いますように

あなたの未来が、明るくなりますように

あなたの道が幸せでありますように　ボクは祈っています

人としていつまでも　これから先も

争いがなくなりますように

笑顔が絶えませんように

あなたの愛が実りますように

人としていつまでも　これから先も祈り続けてゆきます

未来を目指すという事

そんな風にビクビクしながら未来を待とうとするな

大丈夫だから　絶対に大丈夫だから

そんなに怖がらなくても良いから

怖いのはよく解る　苦しいのも、よく解るから

けれど、いつまでも目の前の壁から逃げ出そうとするな

大体、まだ何も決まっていないじゃないか

オマエの、あの時の「決意」は、一体、何処にいった？

口先だけだったのか？　……違うだろ？

たった１度しかない人生だ　どうせなら……

自分の想いを表現したいのなら……、最後までやり通せ

いくら世間体が悪いとはいえど　何でもかんでも

自分の世界に入るのは、いくら何でも、つまらない

心の角度を変えたら、世間体も味方にする事もできる

もっともっともっと　今よりももっと外へ飛び出せ

日差しを浴びて　自分らしく生きてゆくんだ

そして理屈という鎖を思い切り取ってやれ

涙も悔しさも　ムダではないさ

実は全部　あなたの力になっているから

働く年頃になってくると、やっぱり自分なりではあるけれど

親のありがたみがよく解（わか）る

だからこそ感謝の言葉を伝えよう

そこから明るい未来がある

そして、そこには仲間も居る

だから未来を目指すという事は、本当は別に何も怖くなんかない

だから未来を目指すという事は、本当に別に何も怖いことなんてない

あなたが主役

この世の主役は悪いけどセレブやカリスマなんかじゃない

常に（SO!)「あなた」なんだ

現在（いま）も昔もあまりにも傷つけ合いが多すぎて

思わずコッチも呆れて何も言えなくなる

でもだからこそ「あなた」に伝えたい

どうか少しずつ自分の意思を固めて

そしていつの日か誰かを支える「人」で在（あ）って欲しい

平気でそれぞれの命や心を見下したりするヤツなんて

セレブでもなければカリスマでも何でもない

この世の主役は悪いけど占いやブランドなんかじゃない

絶対に（SO!）「あなた」なんだ

現在（いま）も昔もあまりにも争いごとが多すぎて

思わずコッチも何もかも忘れたくなる

でもだからこそ「あなた」に伝えたい

どうか少しずつ、自分らしくこの世界で生き抜く決意と、

いつまでも見下さない姿勢をつくって欲しい

平気でそれぞれの命や心を見下したりするヤツなんて

誰かを愛する資格はない　フォローする必要もない

せっかく「人間」に生まれて来たのだから、そんな風に

争いごとや傷つけ合いを起こしたり、見下したりしても意味がないし、

もったいない

どんな光だって絶対に素晴らしい使命があるから生まれたんだ

だからこそ、明るく腐らず焦らず「これから」を歩いていこう

あなたの　未来は　これから始まる

自分らしく

くだらないウワサばかり、ばらまく人生（みち）を歩くより

もっと大きい自分になる為に、人間（ひと）としての人生（みち）を歩いていこう

あんまり上手く言えないけれど

人はやっぱり自分らしく生きている方が親しみがあるよね

だいいち世間の評価なんて、いつまでも気にしていたら

それこそ本気でもったいない

たった１つしかない、この素晴らしい舞台で

自分らしく「これから」を生きていこう

見下すことばかり思いつく人生（みち）を歩くより

心優しい自分になる為に、人間（ひと）としての人生（みち）を歩いていこう

あんまり上手く言えないけれど

どんなに権力（チカラ）があっても信頼（キズナ）がなければ、何も意味がないんだよ

どんな理由があろうと　どんな立場であっても

命や心を傷つけていいなんて、そんなの許されるわけがない

どんな理由があろうと　どんな立場であっても

命や心は生まれながらにして　皆、平等

本当に変わりたいのであれば

先ずは人間として

支え抜く決意と姿勢をつくっていこう

だいいち傷つけ合いなんて、悲しいだけ

争いなんてしなくて良い

たった１つしかない、この素晴らしい舞台で

平和という虹をつくり続けていこう

原動力

どうして今も昔もこの世界は「良い事は良い」と

素直に認めないんだ？

どうして今も昔もこの世界は互いに足を引っぱったりするんだ？

良い事をしているのならそれはそれで、構わないんじゃないか？

それなのに一体何故足を引っぱったりする必要がある？

現在「何か」に苦しんでいる者達よ　この声が聞こえているか

そして「何か」に悲しんでいる者達よ　この言葉が伝わっているか

どうか決して無理はしないで疲れたら休んで欲しい

きっと後から未来に対する「原動力」になっているさ

どうして今も昔もこの世界は「武器で全てが解決する」と

やたら勘違いしているヤツが多いんだ？

どうして今も昔もこの世界は肌の色とかで全てを決めてしまうんだ？

最初から非暴力でこれからを生きてみる気はないのだろうか
この地球（ホシ）も最初から人類（ボク）達に、非暴力で在（あ）り続ける世界を
心の底から望んでいるに違いない

現在（いま）「何か」に引き籠もっている者達よ　この声が聞こえているか
そして「何か」から逃げている者達よ　この言葉が伝わっているか
どうかもう１度自分らしく立ち上がって生きてみる気はないだろうか
自分らしくで良い　自分の翼を信じてあげて欲しい

現在（いま）、空想の世界に逃げている者達よ　この声が聞こえているか
そして誰かを悲しませたりする者達よ　この言葉が伝わっているか
そろそろ、現実（リアル）に人として誰かに手を差しのべていく勇気を持つ気は
ないのだろうか
今のままだと、きっと後から自分に対する「悔しい想い」が待っているよ

現在（いま）「何か」に苦しんでいる者達よ　この声が聞こえているか
そして「何か」に悲しんでいる者達よ　この言葉が伝わっているか
あなた方が味わった想いは決してムダではなく
きっと後から自分の未来に対する「原動力」になっているさ

心を込めて

道端に咲いている一輪の花は、まるでそう、あなたのようだ

無名なれども、誇らしく、そしてどんな時でも

「自分らしく生きる」という事を諦めないでくれている

これまであなたが歩き続けてきた道程は、決して間違っていないんだよと

力強く叫び続けてやりたい

自問自答する日々があったかもしれないけれど、

それでもあなたが歩き続けて来た道程は、

決して間違っていなかったんだよと、

心を込めて伝えてやりたい

時として何もかも、下を向いてしまう僕だったけど

あなたのおかげで外に出れるようになった

日差しが、こんなに、まぶしいものだとは思いもしなかったけど

以前に比べたらはるかに気分が良い

これまでボクらが歩き続けて来た道程(みちのり)は

武器や争いごとが絶えなかったけれど

これからは、もうそんな事はしなくて良いんだよと

力強く叫び続けてやりたい

憎しみなんて結局、心が悲しむだけだから

これからはいつまでも人として語り合い

そして命を愛し続けていこうと心を込めて伝えてやりたい

Have a nice day!

旅に行こう　旅を楽しもう

旅は豊かになる　旅は笑顔になる

綺麗な景色がまだまだ沢山あるし、遊びにおいでよ

綺麗な景色がすぐ近くにあるかもよ、遊びに行こうよ

旅に行こう　旅を楽しもう

旅は道連(みちづ)れ　世は情(なさ)け

素敵な出会いがまだまだ沢山あるし　会いにおいでよ

素敵な出会いがすぐ近くにあるかもよ　会いに行こうよ

旅に行こう　旅に出よう

旅に行こう　旅を楽しもう

色とりどりの景色を見ながら一緒に旅を楽しみましょう

〜Have a nice day!〜

平和の象徴
～何度でも伝え続けたい事～

こんな悲しい出来事があっていいのか

こんな憤りが隠せない出来事があっていいのか

ボクらはこれからも非暴力の意思で在り続ける

そしてそう在り続けるからこそステキな笑顔がある

もしも憎しみがあるのなら、語り合いだけで挑めばいい

何年かかっても語り合いのみで挑めば良いだけの事

武器なんて持つ必要性は 1 mm もない

こんな突然な出来事に今でも震えが止まらない

こんな感情は生まれて初めてだ

ボクらはこれからも非暴力の意思で在り続けよう

どんな出来事がそこにあっても武器の意思は示さないで

もしも憎しみがあるのなら、語り合いだけで挑(いど)めばいい

言葉には確かに諸刃の剣ではあるけれど

裏を返せば非暴力につながる可能性が無限にある

ボクらはこれからも非暴力の意思を示していこう

そしてその意思を後世に語り継いでいこう

もしも憎しみがあるのなら、語り合いのみで挑(いど)めばいい

何年かかっても良いじゃないか

語り続ける所に意味があり、価値もある

武器なんて持つ必要性は1mmもない

その悔しそうな拳(こぶし)を　どうか掌(てのひら)に変えてみせて

それは周りを幸せにするだけじゃなく

あなた自身の心を、あたたかくしてくれる、大切な平和の象徴

著者プロフィール

川村 真（かわむら まこと）

神奈川県に生まれ、その後も在住。
中学の頃、詩を書き始め、現在に至る。
【著書】詩集『Hold my HOPE』（2014年 文芸社）

We are friends

2023年 4 月15日　初版第 1 刷発行

著　者　川村 真
発行者　瓜谷 綱延
発行所　株式会社文芸社
〒160-0022 東京都新宿区新宿1－10－1
電話 03-5369-3060（代表）
03-5369-2299（販売）

印刷所　図書印刷株式会社

ISBN978-4-286-27027-2　　NexTone　PB000053515号